石川　透　編

室町物語影印叢刊　28

庚申の本地

庚申因縁

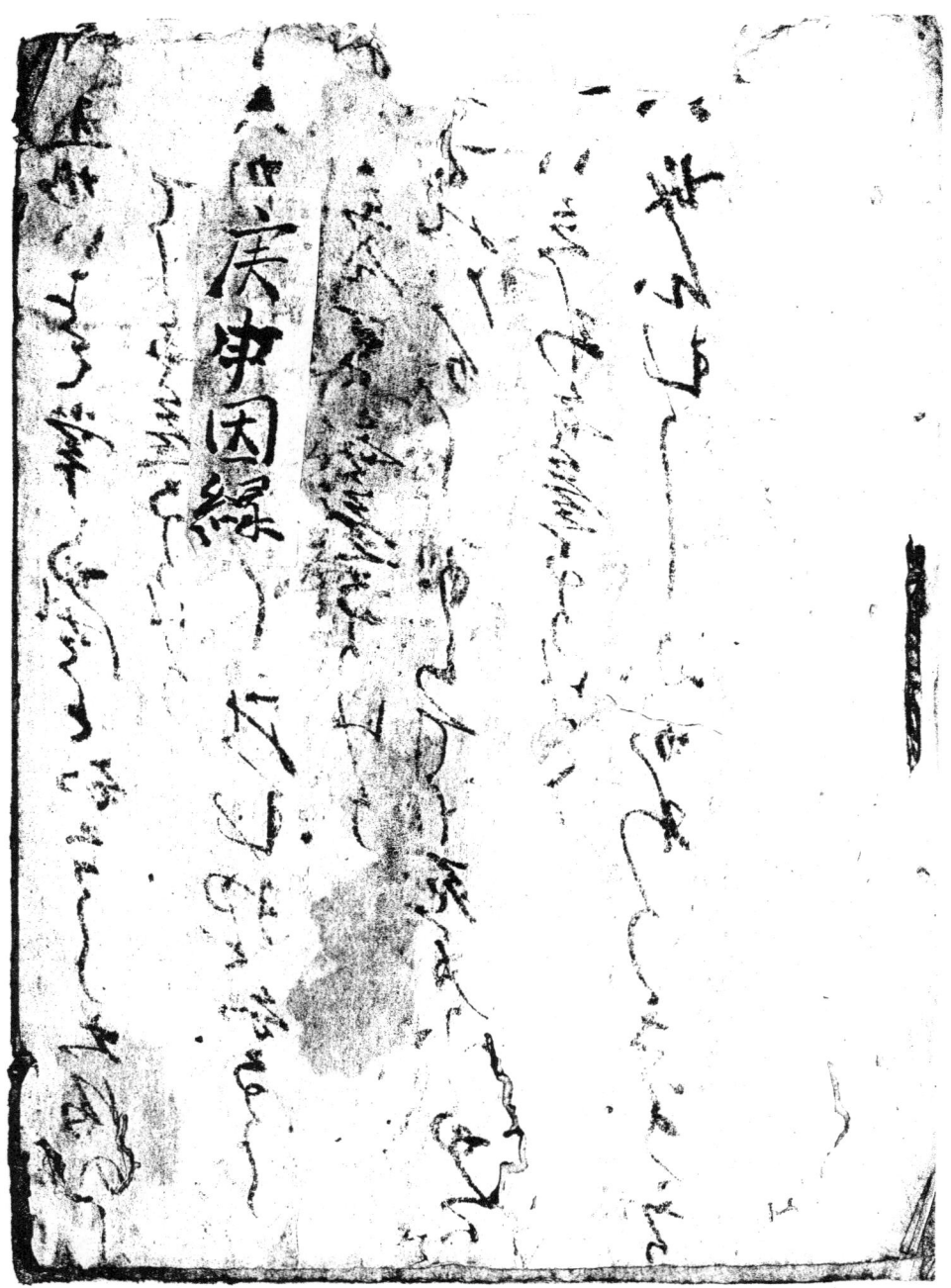

庚申因縁

大寶元年辛丑之歳正月七日庚申日同
摂津国天王寺ニ民部ノ僧都智泉カ申ス出
家ノ所ロ年七十七ハ斗ノ童子来テ僧都ニ申スニ
給ヘハ我ハ是帝釋ヨリ御使ニ下リ後日本ニ渡ス所ロ雖
摂ニ津国天王寺ハ佛法最初ノ所ロ也彼寺ニ
能ク安于歸リ民部僧都ニ此事ヲハ只今傳ヘ申
可ク安日本国ノ衆生ヲ可用彼僧都ニ能ハ

三庚申ノ傳《セ》申《ス》梵天帝釈《ヨリ》縁作下収能傳
給《ニ》三界《ノ》衆生《ニ》廣《ク》結縁《セシメ》夫《レ》庚申《ト》申《スハ》一年《ニ》有六
度庚申《ノ》侍《シ》度《バ》過去現在未来三世不可得《シテ》侍《シ》
得道也《スル》先《ヅ》庚申ノ日《ハ》心《シン》清《メ》申ノ時自《リ》侍申《ス》也
帝釈作《ニハ》庚申《ノ》諸事《ヲ》梵天閻《ヘ》導師《ノ》伴庚
申侍《シ》人《ノ》誌三十丈《ノ》堂《ヲ》立《テ》庚申侍人《ハ》必《ズ》此《ノ》
請堂《ニ》給《フ》佛菩薩沙汰《シ》給《フ》成佛《スル》事無疑先《ヅ》

一ッ切ニハ過去ノ罪シ消滅ス二ハ現在ノ哭難シ消滅ス三ニハ
未来ノ悪業シ道ル何更モ諸願成就也国王モ長
老モ大名高家貴賤上下各々色習コソカミ心中ゞ諸
願致サン更無シメ如何カ成佛法僧モ我カ一斯ニ不限《カキラズ》
子孫迄モ待チ可申ニ彼童子是シ申ニ置也如何ナル
貴賤男女到ル迄色ロン物シ手向供スル可ニ万民共是ニ
願何事モ可叶一切衆生皆如斯可成ゝゝ

帝釈天衆生ノ障碍ニテ庚申待シ人ノ名誌シ集閻
王ニ渡テ三世難シノ以可通ス理《コトワリ》云々庚申敏茂ノ為メ童
子ツ下ニ僧都ニ流傳セ給ウ也天竺ニモ此庚申待シ又無疑ヒ
日本ニ渡ス此時節也先庚申待時ハ南向ニ棚偏ニ
補陀洛世界ノ観音ヲ祈念可シ申ス香盛リ赤花立テ灯
明立テ夜半ニ図物備ヘ赤飯酒ニ備ヘ諸菓子調ヘ可
供ス重申ノ夜ハ悪雑談不可ク能ヒ祈念ス可シ昔天人

菩薩ノ待初メ給也彼庚申ノ功力ヲ以三世六道ヲ

道ハ一年ニ六度有一番ノ庚申ニハ無間地獄苦道ヲ

二番ハ三途ノ河ノ苦シノ道ル三番ハ死出ノ山ノ苦道ル四番ニハ餓

鬼道ノ苦道ル五番ハ畜生道ノ苦道ル六番ニハ修羅

道ノ苦道ル如此道到ル佛果菩提現成也

庚申ノ日ハ衣裳洗身清メ無他念待可申戊

亥ノ時御供土器三ニ奉供可シ丑ノ時ニ圓物奉供也

刀介ノ眼ハ赤飯ヲ盛三盃可供ス棚赤花立香盛灯
明ツ立戌亥ノ眼ハ文殊菩師過去七佛ヲ可念子丑
眼ハ六観音阿弥陀未来七佛ヲ可念刀介眼青
面金剛・歎過現在佛ヲ可念是ハ三世ツ悟御本尊
三向南三千三度礼拝可ニ一切経中ニモ庚申本ト
意志諸庚申ヲ一切衆生ニ可傳給ニミ縦不可依
貴賤上下ニ彼庚申待人部類眷属近ニ皆悉

現世安穏也後生善處ニ生也七難道ハ也。
庚申文ニ云歎云庚子歎千命壽千連入速眞
之中書離我身ニ　歌ニ云ヤナキヤラヤイザヤ我サ
ルゾ我カ度ニナヌルゾナヌゾナヌゾナタルゾ　此歌ヲ三
返可唱義ヲ才ン九度ハツキノトナラス也　其ノ庭鬼
神ノハ也　庚申ノ夜ハキャワ子ガカラス　又ニ云丑辛草ビラ
豊足組重腹又ハ如何様ニ成共己離取ハ不苦候也

法タタクンテハ不可服身ヲケガスヘラス自然ニ不浄不
嫌メ可持一度持初テ久事不有可一度持ト
申ハ三年ノ変其内ニ一度モ解《ケ》怠《タイ》不可能ト持申人ハ
一切諸願以可叶何逆修供養可増日本ニ
一魔可ヒ其ノ談テ童ナハ天ニ登リ給テ折節天雲立テ
同者ノ在テ吉今ノ変ノ能クク御ニヤトノタニイテ
有間久ノ身ノモヨダツ斗ニシンノ白モリノ思也サテ僧都ニ

説《リ》給《ケ》宣《ツ》諸国《エ》廣給《ケ》也諸行無常是生滅法
生滅《ニ》已寂滅為楽《ト》此文《シ》甚《ニ》夜百返唱《ハ》来
来結縁無疑庚申《ハ》八専《ドテ》年《ニ》六度《リ》須所《ノ》梵天
貴《テ》大法宣有是《ハ》持梵天王諸佛菩薩《ノ》行事也
給大法宣也此八専《ノ》内九日目《ニ》庚申有也此《ノ》日
佛《モ》寺給《ケ》経《ヲモ》説《セツ》《ニモ》見此事《ヘリ》萬《ニ》賤《モ》心《シノロヘテ》僧
俗男女《モ》物供《ニ》庚申《シ》持可申現世安穏後[illegible]

若又無疑三世共ニ成就也如何ニモ此夜ハ毎ニ酒計

汝此夜ノ物惜シ先ツ大ニ要雖有物入時ハ未也

也増倍請取也付テ是證據ニ多ノ民部僧都ニ語ル

給三年ノ十八度供養スル也時人ハ無他念服寛

ニ王ヘ給一切衆生食物心清信心者經ニ集念

他念無時申也三年ノ内ニ諸願成就也殊ニ服ツ

立寛無ニ栄花在ト時申也皆是聞キ申ス人也

今生ニ或ハ栄花ヲ極メ未世ニ或ハ八葉ノ蓮臺ニ到ル事無ニ疑ト

云ゝ

月面金剛呪　唵帝婆野七叉婆駄ミ阿ミ娑婆訶

ト小呪ニ云

唵帝婆野支叉婆駄阿娑婆訶

又右手ヲ胸ニシテサスリテ　亥庚子亥戌子亥室子トニ返

唱ヘ或是天仙海是地鬼速他方世界ニ去而毎不来

雖ニ我身ニ　嚙耳トスベシ　其ノ後鬼ヲ怨ニ之

大寶元年辛丑迄今到天文九庚子自文禄

四年乙未迄八百九十六年

于時文禄五年丙申四月廿七日沙門圓深

覺尭

弘法大師十無盡

解題

『庚申の本地』は、庚申待ちの縁起由来を記した短編の物語である。本書は、文禄五年（一五九六）写の古写本。本文は漢字片仮名交じり、簡潔で古態を残す。本物語には江戸中期から後期の写本が大量に現存している。庚申待ちの習俗が行われるとともに、写され続けたのであろうが、絵入りのものなどはほとんどなく、普通の御伽草子とは異なる扱われ方をした。内容は、以下の通り。

大宝元年（701）正月七日庚申の日に、摂津国天王寺の民部僧都という人の所に十七八歳の童子が来た。自分は帝釈からの使いで、庚申の日には心を清くして守るべきことを伝えに来たという。また、一年六度の庚申の日の功徳を説き、天上に帰って行った。民部の僧都は、この教えを広めた。

なお、『庚申の本地』の伝本は、慶應義塾図書館蔵天文九年（一五四〇）写本が最古写本とされ、『室町時代物語大成』四に翻刻されている。

以下に、本書の書誌を簡単に記す。

所蔵、架蔵
形態、写本、袋綴、一冊
時代、文禄五年写

寸法、縦二三・六糎、横一七・五糎
表紙、本文共紙表紙
外題、庚申因縁
内題、庚申因縁
料紙、楮紙
行数、半葉七行
字高、二一・〇糎
丁数、墨付本文、六丁

室町物語影印叢刊28
庚申の本地
定価は表紙に表示しています。

平成十九年六月三〇日　初版一刷発行
©編　者　石川　透
発行者　吉田栄治
印刷所エーヴィスシステムズ

発行所　㈱三弥井書店
東京都港区三田三―二―三九
振　替〇〇一九〇―八―二一一二五
電　話〇三―三四五二―八〇六九
FAX〇三―三四五六―〇三四六

ISBN978-4-8382-7059-0　C3019